Titel:

Sex 1

Untertitel:

Sex, seine Geliebte und deren Sohn

Gewidmet: Mir / Dir

Di Wex

Titel:

Sex 1

Untertitel:

Sex, seine Geliebte und deren Sohn

Wechs-Fürnrohr Marion
Sex 1
Sex, seine Geliebte und deren Sohn

Blaichach, 19. Juno 2014

Alle Rechte am Werk liegen beim
Autor:
Marion Wechs-Fürnrohr
Rothenfelsstr. 6
87544 Blaichach

Ein Titeldatensatz für diese
Publikation ist bei der Deutschen
Nationalbibliothek erhältlich

Herstellung und Verlag:
BoD - Books on Demand,
Norderstedt
ISBN 978-3-7357-2355-0

Titel: **<u>Sex 1</u>**

Untertitel:

Sex, seine Geliebte und deren Sohn

Vorspiel: ist wichtig.

Lieber Leser,

hier eine (fiktive) Geschichte über Liebe und sonstige (Natur)gewalten.

Post Skriptum: FSK 18

Übersetzer:

a = ein, eine / er / an
an = einen
abgwaschn = abgewaschen
abr = aber
amal = einmal
au = auch
aufgräumt = aufgeräumt
ausi = aus
Behindri = Behinderter
bisch = bist
bleed = blöd
(d) blockiersch = (du) blockierst
(an) Bolla = ein Bollen, eine Kugel
d = du / der, die
(d) dätsch = (du) tätest
(d) darfsch = (du) darfst
dei = dein, deine
di = dich
do = da
dr = der
ds = das
eingweicht = eingeweicht
essn / Essn = essen / Essen
Fiaß = Füße
flehmen = wittern

ghört = gehört
glei = gleich
gräumt = geräumt
grecht = gerecht
(d) grigsch = (du) kriegst / bekommst
gschüttelt = geschüttelt
ham = haben
(d) hasch = (du) hast
haun = hauen
i = ich
is / isch = ist
it / net = nicht
(d) jammersch = du jammerst
jetz = jetzt
Käs = Käse
(d) kannsch = (du) kannst
(d) kommsch = (du) kommst
längscht = längst
liebr = lieber
machn = machen
mi = mich
(d) musch = (du) musst
nachm = nach dem
nauf = hinauf
(i) nehm = (ich) nehme
nei = hinein

net / it = nicht
no = noch
odr = oder
Pills = Pillen
(d) räumsch = (du) räumst
riechn = riechen
s = das / es
(s) Schaffn = (die) Arbeit
schaun = schauen
scho = schon
schtell (di) = stell (dich)
(i) seh = (ich) sehe
(d) solltsch = (du) solltest
sonsch = sonst
Tschuldigung = Entschuldigung
übr = über
unta = unter
(d) vergisch = (du) vergisst
verkriechn = verkriechen
Wäsch = Wäsche
wiedr = wieder
(d) willsch = (du) willst
wolln = wollen
(d) wolltsch = (du) wolltest
zackeln = zuckeln
Zackelschaf = ungarische
 Schafrasse

Zackelzement = ein Fluch
zerscht = zuerst
Zuig = Zeug

Amata kommt nach Hause.
Sie hat den Einkauf dabei.
Diesen stellt sie auf den
Küchentisch. Sie räumt den
Kühlschrank ein. Doch bevor sie
fertig ist, räumt sie ihn auch schon
wieder aus. Dann wieder ein.
Nun ist der Kühlschrank ordentlich
geordnet. Amata geht nochmal
hinunter und kontrolliert, ob sie
das Auto zugesperrt hat.
- Ja, hat sie. Die Treppen wieder
nauf, Mantel aus, in die Küche
und an den Herd. Sie kocht
Eintopf, schmeckt ab, deckt den
Tisch und schmeckt nochmal ab.
Ben kommt nach Hause - zu spät
wie meistens - und wirft seine
Jacke irgendwohin. Amata sitzt
am Tisch mit einem Buch in der
Hand und liest. - „Verlockung des
Wahnsinns (Podvoll). Sie legt das
Buch zur Seite. Sie essen.
Amata: „Schling doch net a so."
Ben: „Mhm. Wie is ds Buch?"
Amata: Gut. Wie war's beim
Schaffn?"

Ben: „Gut. Und wie war dein Tag?"
Amata: „Auch gut. Räumsch du bitte dei Wäsch auf?"
Ben: „Ja."
Amata: „Wann?"
Ben: „Nachher."
Amata: „Wann nachher?"
Ben. „Wenn i Lust hab."
Amata: „Du hasch nie Lust."
Ben: „Stimmt."
Amata: „Also?"
Ben antwortet nicht.
Amata. „Also?"
Ben: „Was denn?"
Amata: „Wann du dei Wäsch endlich aufräumsch, Zackelzement."
Ben: „Ja, glei nachm Essen."
Amata: „Abr wirklich glei nachm Essn, sonsch vergisch es bloß wiedr."
Ben: „Ja-a."
Amata steht auf und setzt sich an den Computer.

Nachdem Ben fertig gegessen hat, steht er auf und setzt sich vor den Fernseher.
Amata ruft: „Wäsche?"
Ben: „Ja-ha."
Sie: „Was ja?
Er: „Ja, mach i."
Sie: „Hilfe, i bin blind."
Er: „Wie?"
Sie: „Ja i seh di net aufräumen. I muss wohl blind sein."
Er: Haha."
Amata geht in die Küche, um ein Glas Wasser zu trinken.
Sie: „Ben, du hasch net abgwaschn."
Er: „Oh, vergessen. Mach i glei."
Sie: „Vorher odr nachher?"
Er: „Wie?"
Sie: „Ja ob du den Abwasch vor der Wäsche machst odr danach."
Er: „Ds entscheid i spontan."
Sie: „Mach's liebr glei. Ds trocknet hier alles nei. Du hasch es ja nett mal eingweicht."
Er: „Okay."

Sie wartet einen Moment, dann:
„Ja kommsch jetz?"
Er: „Warum?"
Sie: „Äh Abwasch, Wäsche?
Und dei Papierzuig da wolltsch au scho längscht weg gräumt ham. Und sowieso ghört der Saustall namens Wohnung hier mal wiedr komplett aufgräumt. Hier schaut's aus wie bei Hempels unterm Sofa. - Ne, sogar Hempels selber würde sich unters Sofa verkriechn vor Graus."
Er: „Ja, nach der Serie."
Sie: „Da isch dann dr Käs komplett nei trocknet. Du musch ja immer auf alles so viel Käs haun. Du solltsch eh net so viel Käs essn, du Käsbolla. Dann jammersch bloß wiedr übr Verstopfung und blockiersch wiedr ewig s Bad. Andre Menschen müssen da au mal nei. Und jetz kümmer di hier mal um dein Scheiß. Dei Serie kannsch nachher au no schaun. Hasch ja eh auf DVD odr?

Er: „Ja."
Sie: „Was ja?"
Er: Ja, hab ich auf DVD."
Sie: „Ja also, dann komm jetzt bitte."
Er: „Kannsch du net ds Zeug grad einweichn?"
Sie: „Bin ich deine Putze?
…Komm jetzt odr i schmeiß alles in n Müll… und dann hau i ab."
Ben kommt und spült. Dann setzt er sich wieder vor den Fernseher. Sie setzt sich dazu. Er legt sich quer auf die Couch…
und schnarcht schon bald.
Amata geht wieder an den PC. Öffnet eine ihrer Single-Börsen. Doch sie beantwortet ihre Nachrichten nicht. Ist ihr zu persönlich. Sie ist ja kein Single mehr. Diese Grenze hat sie noch nie überschritten. Amata ist eine treue Frau. Sie will sich ausloggen. Doch dann überlegt sie es sich anders. Sie antwortet einem netten, schönen Mann und verabredet sich mit ihm.

Sie zwängt sich in ihren
schwarzen Lack-Anzug.
Nun fährt sie zu ihrem Swinger-
Club. Ihr Date ist bereits da.
- Sein Profil-Bild war schöner.
Und seine happy Pills helfen da
auch nix mehr.
Amata erkundet die neuen Mit-
glieder… und auch die ohne.
Sie streift umher. Manchmal bleibt
sie stehen. Manchmal setzt sie
sich dazu. Sie beobachtet:
Zweier, dreier, vierer…
Jemand fasst ihr von hinten an die
Brust. Sie dreht sich um.
Die Hand gehört zu einem dicken
Mann im lila Gummi-Anzug.
Er sieht sympathisch aus…
aber erotisch? - Da hätte sie
gleich zu hause bleiben können…
bei Mister Couch-Potato.
Sie lächelt… und schüttelt den
Kopf. Der lila Gummi-Ball lächelt
auch… und rollt weiter.
Sie erblickt einen Knackarsch.

Nackt. Beziehungsweise in Jeans mit Löchern. Sie setzt sich an die Bar. Der Knackarsch auch.
Der Typ, der an dem Knackarsch dran hängt, spricht sie an: „Was trinkst du?"
Sie: „Im Moment nix."
Er: „Ah…. darf ich dich einladen?"
Sie: „Nein danke."
Er: „Wirklich nicht?"
Sie steht auf, lächelt und geht.
Der Knackarsch auch. Amata geht nach unten in den Folterkeller. Knacki folgt. Vorbei an einem Andreaskreuz. Dort hängt eine Frau im Abendkleid….
nein, Frischhaltefolie.
Amata setzt sich. Der Knackarsch daneben. Sie beobachten ein Pärchen a tergo. Amata runzelt die Stirn. Amatas Begleiter öffnet seine Hose. Warum hat er vorn kein Loch rein geschnitten?
- Deus ex Machina (Gott aus der Maschine)… nein, diable en boîte (Springteufel)... nein, ein Hosenteufel springt heraus.

Mister Knackarsch spielt mit dem Gott im Hosensack.
Amata und der Meister des Gottes beobachten weiterhin das Geschehen im Folterkeller.
Das wilde Treiben der verspielten Hündchen ist durchaus anregend.
Amata lästert, dass diese Stellung schlecht sei, da die klitorale Stimulanz fehle.
Dem weiblichen Teil des Pärchens ist die Lust wohl vergangen. Die Pussi flieht.
Ihr Penis folgt. - Wozu gibt's im Folterkeller eigentlich Fesseln?
Mister Knackarsch spielt mit seiner Gottheit wie gehabt.
Amata beobachtet wie die Vorhaut hoch und runter geht.
Plötzlich: Wortlose Ejakulation.
Amata steht auf und geht… wieder nach Hause.
Sie zieht sich aus und duscht.
Amata überlegt, ob sie sich selbst lieben soll. Doch sie hat weder Lust auf Duschstrahl noch sonst was. Sie legt sich feucht ins Bett.

Zu Ben. Als sei nichts gewesen.
Er hat ihre Abwesenheit ja eh
nicht mal bemerkt. Soll sie ihn
wecken?
…Sie entscheidet sich dagegen.
Plötzlich: Wilde Hunde.
- Einer ist halb Wolf, halb Mann.
Er sieht sie, riecht ihre Angst…
und stürzt sich auf das heiße
Fleisch. Der Wolfsmann verbeißt
sich in der pochenden
Schlagader. Amata schreit auf.
Ihr Hals blutet. Der Wolfsmann
sticht zu mit seinem haarigen
Penis… und dieser wird feucht.
Es riecht nach Schweiß, Blut und
nassem Hund.
Ben rüttelt und schüttelt.
Amata blickt sich um. Kein Wolf in
Sicht. Ben: „Schlecht geträumt?"
Amata: „Nein."
Ben: „Warum hasch dann s ganze
Haus zam brüllt?"
Amata: „Oh… dann hab ich wohl
doch schlecht geträumt."
Ben: „Worum ging's denn?"

Amata: „I weiß nimmer genau… irgendwas mit Hunden."
Ben schläft schon wieder.
Sie überlegt, ob sie ins Bad gehen soll…. weil sie gern die elektrische Zahnbürste zweckentfremdet. Oder lieber hier bleiben… und ganz leise...?
Wenn ich ein Mann wär, dann würd ich den ganzen Tag…
Ein harter Stecken in ihrem Rücken. Sie ist wieder wach.
Ben ist auch wieder wach. Zumindest ein Teil von ihm.
Ben versucht einzudringen… von hinten. Und erwischt auch noch das falsche Loch.
Amata: „Au! - Nimm Gleitgel!"
Ben kichert: „Tschuldigung."
Amata: „Lach net so bleed. Soll i ds mal bei dir machn?"
Ben: „Anal? - Nein nein."
Amata: „Doch, wenn du bei mir hinten nei darfsch, na darf i ja wohl au bei dir…"
Ben: „Dir fehlt der Zipfel dazu."

Amata: „Dann nehm ich halt den Finger."
Ben: „Iiihhh!"
Amata: „Schtell di net so a.
- Grigsch au Gleitgel."
Ben: „I will abr it."
Amata. „Abr i soll wolln, ha?
- Ds wär nur grecht, wenn du au mal her halten dätsch."
Ben: „Ach nö."
Amata: „Gut, na halt i halt au nimmer her. - Kannsch ja wiedr heimlich unta dr Dusche die Palme schütteln."
Amata springt aus dem Bett.
Ben zieht sie zurück: „Okay, du darfsch au mal. - Abr i zerscht."
Amata: „Zerscht mal Yoni."
Ben: „Okay."
Amata: „Und Vorspiel."
Ben: „Ja."
Amata: „Mit G-Punkt."
Ben: „Auch das."
Amata: „Und Klitoris-Schenkel… und alles."
Ben: „Is recht."

Amata: „Geh duschen und Zähne putzen."
Ben: „Wenn's sein muss."
Amata: „Und wie ds sein muss, du Wischmopp… äh Stinkmopp… äh Stinkbock!"
Ben: „Willsch mal an meine Fiaß riechn, du Sprach-Behindri?"
Amata: „ Du bisch behindert… und zwar auf allen Ebenen."
Amata schnappt sich ein Kissen und haut es Ben drüber.
Ben packt sie, schmeißt sie auf den Bauch und steckt ihr seinen Penis nei. Er stößt ein paar Mal zu. Dann hört er wieder auf.
Er verbindet ihr die Augen, bollt sie in die Liebesschaukel und fesselt sie. Er geht hinaus.
Amata brüllt: „Heee!
Ben kommt zurück: „Was denn? Du wolltest doch, dass ich duschen geh."
Amata schimpft: "Lass mi ausi do!"

Doch Ben ist schon wieder draußen. Er lässt die Türen auf, duscht und kommt wieder.
Amata schimpft: „So lang an dr Palme gschüttelt odr was?"
Ben knebelt sie und schlägt ihr auf den Po. Dann küsst er ihren Schoß. Nun streicht er sanft über ihre Brustknospen und küsst diese. Dann wandert er wieder zur Vagina. Er küsst und leckt ihre Venuslippen. Mit seinen Händen streicht er über ihren Po. Knetet ihn. Streichelt ihre Schenkel. Beißt ihre Knospen. Ihre Klitoris-Perle. Beißt ihr Lippen. Alle.
Mit einem Ruck reißt er ihren Haarschopf nach hinten und beißt ihr in den Hals. Dann küsst er ihren Rücken. Er bedeckt ihren ganzen Körper mit Küssen.
Ben leckt ihren Po und lutscht ihre Zehen. Dann steckt er seinen Finger in Amatas Yoni und reibt ihren G-Punkt. Nun zieht er den Finger raus und steckt stattdessen seinen Penis rein.

Er schaukelt Amata vor und zurück...
Amata wacht auf. Enttäuscht. Nur ein Traum. Ben schnarcht. Sie schnappt sich eins ihrer Bücher: Die Klavierspielern (Elfriede Jelinek). Doch schon bald fällt ihr die Decke auf den Kopf. Sie zieht sich an und geht spazieren. Im Gebüsch entdeckt sie ein Liebespaar. Sie duckt sich und beobachtet die beiden: Hündchen. - Eignet sich gut für Outdoor. Amata schaut sich um, ob sie selbst nicht auch beobachtet wird. Da sie keinen weiteren Spanner entdeckt, hockt sie sich hin. Sie greift sich selbst unter den Rock. Steckt sich einen Finger rein und rubbelt ihre Perle. Plötzlich hört sie etwas hinter sich. Klick. Da ist sie auch schon gefesselt. Mit Handschellen.
Ihre Hände sind auf dem Rücken fixiert. Ihr werden die Augen verbunden und sie wird zu Boden

gestoßen. Sie hört, dass ein Reißverschluss geöffnet wird.
Und schon hat sie einen Penis in ihrer Yoni. Dieser stößt recht kräftig zu. Und dann legt sich der Besitzer des Penis auf sie.
Er ist schwer. Und riecht nach…
Plötzlich hat sie etwas Feuchtes im Ohr. - Sperma? …Naja, wohl eher Speichel… Bens Speichel.
Ben liegt auf ihr und sabbert recht produktiv.
Wir lieben uns. Wir lieben Sex.
Wir sind verrückt nach Sex.
Darum passen wir so gut zusammen.
Was ist nur passiert?
…Zementsäcke fallen um, Schafe zackeln und Hunde flehmen…
- Und das alles macht keinen rechten Sinn.
Aber es passiert trotzdem.
Vielleicht ist das der Sinn.
- Oder die lustigen Bilder von Salvador Dali.
Fortsetzung folgt…

Putz-Plan:

Montag: Er

Dienstag: Sie

Mittwoch: Er

Donnerstag: Sie

Freitag: Er

Samstag: Sie

Sonntag: Er und Sie

Anmerkungen:

Klo-Plan:

01:00 Uhr: Sie

02:00 Uhr: Er

03:00 Uhr: Sie

04:00 Uhr: Er usw.

Dazwischen: Sie und Er

Anmerkungen: